瑞蘭國際

함께 배워요! 一起學習吧！

崔峼穎 著

圖解4堂課 搞定 韓語發音

QR Code 版

머리말

　발음 학습은 언어를 배우는 데 있어서 자신감과 흥미를 결정하는 첫 관문이기 때문에 발음 지도에 더욱 많은 신경을 쓰지 않을 수 없습니다. 과거의 교학 경험에 비추어 볼 때, 필자가 비록 한국인 교사라 할지라도 최대한 그들의 모어 사용 특성에 대한 이해가 있어야만 더욱 효과적인 교육을 수행해 낼 수 있다는 것을 느꼈습니다. 그래서 그들의 입장에서, 그들이 자신의 언어적 특성에 맞는 한국어 발음 교재로써 체계적이고 효과적인 학습을 통해 흥미와 성취감을 얻게 해야 한다는 생각을 하게 됐습니다. 이러한 구상으로, 입문 학습자들에게 필요한 내용만을 위주로 현장 경험과 강의 때 활용하던 자료를 토대로 본 발음책을 집필하게 되었습니다.

　모두 4 강으로 구성된 본 책은, 단모음과 기본 자음, 이중 모음과 경음, 받침, 종합 테스트와 발음 규칙 등 모두 4 회 12 시간 학습 분량으로 설계했습니다. 각 발음의 유사성을 기준으로 분류하여 그림과 함께 각 발음의 상호 차이와 연관성을 통해 정확한 발음을 익힐 수 있도록 했습니다. 이 밖에도 국제 음성 기호나 한국어 한글 로마자 표기법, 중국어 유사 발음도 함께 포함시켜 다각도로 한국어 발음을 익힐 수 있도록 설명했습니다. 또한 각 장에서 학습자들이 기본적으로 알아 두어야 하거나 혼동하기 쉬운 부분에 작은 창을 만들어 그 원리나 이유를 설명했습니다. 마지막 부분인 발음 규칙에서는 초급 단계에서 숙지해야 할 부분만을 다루어 학습 부담을 최대한 줄이고자 했습니다.

　본 발음 교재가 나온 지 8 년째가 되었습니다. 이번 개정판 출판에 맞춰 그동안 사용하면서 자세한 설명이 필요한 부분과 축소하거나 조정이 필요한 부분들을 뽑아 수정 및 보완 작업을 했습니다. 또한 추세에 맞춰 음성 파일 CD 를 QR 코드로 교체해 학습자들이 더욱 편하게 자료를 듣게 했습니다.

　이 책이 나올 수 있도록 관심을 아끼지 않으신 세종한국어문화원의 이은정 원장님, 여러 의견과 자료 참고에 도움을 주신 현병훈, 박권희, 김대훈, 김가현, 김소영 선생님께 감사 드립니다. 그리고 언어학적 조언을 해 주신 박병선 교수님께 감사 드립니다. 직접 현장에서 교재로 사용하면서 여러 의견을 나눠 주신 세종한국어문화원의 교사분들께도 감사를 표합니다. 이 밖에도 늘 지지와 환영을 해 주신 瑞蘭國際 출판사 王愿琦 사장님께 감사를 드리며, 책의 구성 전체를 챙겨 준 呂依臻 부편집장님, 정성껏 세심

하게 원고 교정을 해 준 내 제자이자 편집인 陳秋汝님, 편집 디자인 선생님, 그리고 최종적으로 QR Code 본 작업 책임을 맡아 주신 潘治婷님께도 감사를 드립니다.

이 책이 대만에서의 한국어 학습과 교육에 조금이나마 도움이 될 수 있기를 희망합니다. 본인도 더 나은 내용을 내놓을 수 있도록 지속적인 연구와 더 많은 현장 경험을 쌓아야 할 것입니다.

2022 년 2 월 臺北에서

최호경 (崔峼穎) 씀

學習發音，是在語言學習的過程中，獲得自信與成就感的首要關卡，因此教學上更需要用心才行。過去多年的發音教學經驗告訴我，即使身為韓籍教師，還是要充分了解及體會臺灣學習者的母語使用特徵，才能為他們帶來滿意的學習效果。也因為如此，認為更需要一套站在他們的語言特徵，也合乎他們學習途徑的韓語發音教材，使他們在有規劃又有效率的學習中獲得興趣與自信。基於此構想，我針對入門階段發音所需的部分，運用過往的教學經驗和授課時使用的資料重構，執筆寫下本書。

本書共有 4 個單元，分別規劃為「單母音與基本子音」、「複母音與硬音」、「收尾音」、「發音總測驗、連音及各發音規則」，為 4 堂共 12 小時分量的學習課程。內容以發音的相似度為準則分類，並輔以圖形來描寫各音之間的異同，以便熟悉正確的發音。此外，同時藉助國際音標（IPA）、韓國語韓文羅馬拼音法，以及以中文注音的觀點，加以說明類似的韓語發音，使學習者得以由各面相掌握韓語發音。除此之外，對於學習者必需事先了解的基本概念，或容易混淆的部分，會在每一章裡設小視窗說明其原理和原因。然而在最後的發音規則方面，只收入初級階段應該了解的部分，以期盡量減少學習上的負擔。

本教材出版已經第 8 年了，這段時間使用本書時發現的需要加強說明或可縮小的內容，以及需調整的部分，藉這次改正版出版的機會進行了修補，並迎合趨勢把收錄音檔的 CD 片改採 QR Code 方式，好讓學習者方便聽取教材內容.。

本書能得以順利完成，向自始至終不吝給予關懷世宗韓語文化苑李垠政院長，以及提供許多寶貴意見和資料的玄柄勳、朴權熙老師、金昊勳老師、金家絃老師、金昭瑩老師，表示衷心的謝意。同時，給予語言學方面建言的朴炳善教授，表示由衷的感謝。還有感謝世宗韓語文化苑的老師們，在教學現場使用本教材後不吝提供寶貴意見。此外，對於總是給予支持的瑞蘭國際出版社社長王愿琦小姐、負責本書整體規劃的副總編輯呂依臻小姐、細心審閱校稿的韓文編輯也為我弟子的陳秋汝小姐、每位辛勞的美編、編輯部工作人員，以及負責規劃 QR Code 版的潘治婷小姐，在此也向他們表示衷心的謝意。

期望此書能對臺灣的韓語學習和教育有所助益。筆者也為了能呈現更好的內容，今後將持續研究和累積更多的教學經驗。

2022 年 2 月　於臺北

崔峼穎

本書 4 階段學習，循序漸進
讓你輕鬆掌握韓語發音訣竅

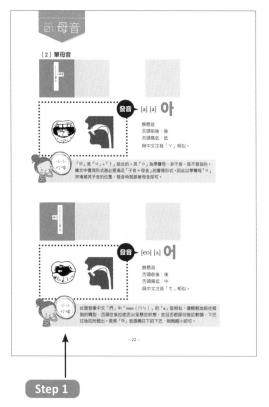

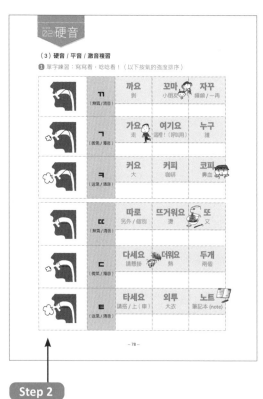

Step 1

學習單母音、基本子音

詳細講解單母音與基本子音的發音口型與舌頭位置，了解發音原理。搭配習寫與聽力練習，把字型與字音牢牢記住。

Step 2

學習複母音、硬音

進階學習複母音與硬音的發音技巧，並藉著聽、說、讀、寫的練習，分辨氣流與發音的關聯。

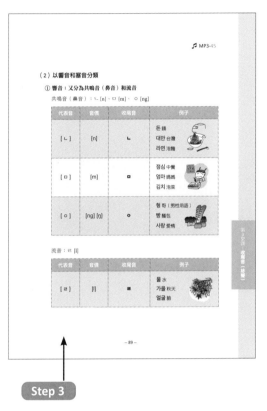

-- 89 --

-- 106 --

Step 3

學習收尾音（終聲）

學習韓語獨特的收尾音，並且辨別容
易混淆的相似發音。

Step 4

發音總測驗、學習連音及各發音規則

藉由綜合測驗驗收學習成果，最後進階學習
連音以及變音規則。

8 個學習大絕招
助你事半功倍，學習更有效率

圖文對照好實用

嘴形、口腔位置圖標示，幫助了解發音構造與原理，讓發音更準確。

音標輔助很方便

韓國語韓文羅馬拼音、IPA 國際音標雙軌標註，讓學習無縫接軌。

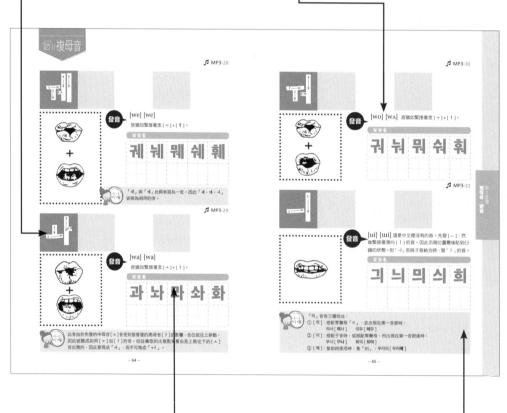

動手寫一寫

依照筆順練習，一邊書寫一邊牢記韓語字型，很快就學起來了！

貼心小叮嚀

針對發音時應注意的事項或不易掌握的部分加以說明，就像老師在身旁親自指點！

開口說一說

跟著老師開口說，生活上實用的
單字、韓劇裡常聽到的句子，原
來這麼簡單！

分類索引好查詢

頁側索引好方便，查詢容易
有效率！

MP3 序號

搭配由資深韓籍老師錄製的標準
韓語 MP3，幫助你說出最道地的
韓語！

文化小常識

什麼是韓語中的萬用句呢？那些
話最好不要說呢？不說你不知道，
韓國人的生活原來有這些眉角!?

如何掃描 QR Code 下載音檔

1. 以手機內建的相機或是掃描 QR Code 的 App 掃描封面的 QR Code。
2. 點選「雲端硬碟」的連結之後，進入音檔清單畫面，接著點選畫面右上角的
   「三個點」。
3. 點選「新增至「已加星號」專區」一欄，星星即會變成黃色或黑色，代表加
   入成功。
4. 開啟電腦，打開您的「雲端硬碟」網頁，點選左側欄位的「已加星號」。
5. 選擇該音檔資料夾，點滑鼠右鍵，選擇「下載」，即可將音檔存入電腦。

Contents
目錄

Contents
目錄

發音總測驗、連音及各發音規則

附錄

關於
韓文二三事

1. 世宗大王與韓文（Hangeul）

　　韓國文字的創制者為世宗大王。在紀錄朝鮮歷史的《朝鮮王朝實錄》中，世宗大王為朝鮮歷史中以熱衷於讀書與發明出名的皇帝，是朝鮮第四任皇帝。他除了精通經學與聲韻學外，還對科學、天文學、兵學都非常地深入地研究，因此也創造了許多發明。他愛民如子，也被譽為韓國歷史上最偉大的聖君。

　　世宗大王創制韓文的動機正是為了平民百姓。世宗十年（1418 年），在康州（現晉州）發生了一件殺父的案件，使全國為之震驚。由於朝鮮以儒學立國，秉持著以忠孝為主的倫理與道德規範，所以在當時這樣的社會風氣下發生「殺父」一事是令人十分痛心的悲劇。世宗在悲痛之下，認為百姓犯罪而面臨牢獄之災，大多因無知愚昧，故應教化他們才能改善惡性循環的生活。世宗對於百姓教育的著眼點為「識字」。但是當時普遍使用的漢字對平民而言不易學習，因此世宗為百姓決定發明語音與文字互相流通且易於學習的文字。然而，眾臣對此抱持反對與悲觀態度，世宗仍然堅持，辛苦研究十幾年後，終於於 1443 年創制韓文，於 1446 年頒布。

　　韓文最早期名稱為《訓民正音》，後來在 1894 年成為了韓國的官方字母系統，也再命名為「Hangeul（한글）」。Hangeul 以母音（元音）與子音（輔音）構成。母音是根據天、地、人的宇宙原理創制，子音則以牙、舌、唇、齒、喉五大發音器官形狀而創制，韓文可以說是以陰陽五行的思想原理來創制的。

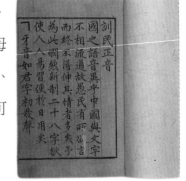

2. 韓文的創制原理

(1) 母音字的原理：母音字的設計是依據宇宙及自然現象的象形原理及陰陽的思想原理，設計了˙（天）一（地）丨（人），即是「三才」。「˙（天）」是指天空貌（古時認為天圓地方），屬於「陽性」；而「一（地）」是指平地貌，屬於「陰性」；「丨（人）」是指人站著的模樣，屬於「中性」。如此，母音是由形成宇宙的三大要素及陰陽的概念設計出來的。其三要素母音配置的狀況如下：

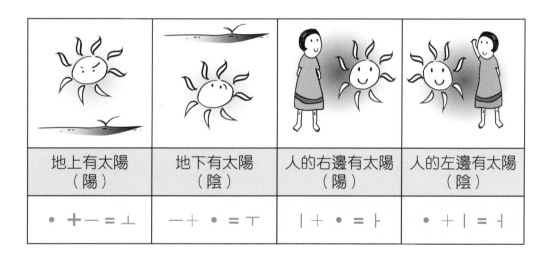

地上有太陽（陽）	地下有太陽（陰）	人的右邊有太陽（陽）	人的左邊有太陽（陰）
˙ + 一 = ⊥	一 + ˙ = ⊤	丨 + ˙ = ㅏ	˙ + 丨 = ㅓ

(2) 子音字的原理：以「五行」的概念來設定五個主要發音器官，因此子音形狀就以發音器官作為象形原理來設計。首先五行中屬於「木」的牙音「ㄱ」，是照舌根塞住喉門的樣子來設計；屬於「火」的舌音「ㄴ」，是以舌尖頂到上排牙齒後頭的樣子設計；屬於「土」的唇音「ㅁ」，是仿嘴唇的模樣來設計；屬於「金」的齒音「ㅅ」，是仿牙齒的模樣的設計；

屬於「水」的喉音「ㅇ」，是仿喉嚨的模樣來設計。以五行原理及主要發音器官設計了這五大子音字後，以添加筆畫的方式設計另外關係音，共形成十九個音。因為所有設計的子音字跟發音器官有絕對的相關性，因此韓文的各子音字之間以形狀可以看出發音的相似性。

ㄱ (→ㅋ)	ㄴ (→ㄷ→ㅌ)	ㅁ (→ㅂ→ㅍ)	ㅅ (→ㅈ→ㅊ)	ㅇ (→ㅎ)
아 (牙)	설 (舌)	순 (唇)	치 (齒)	후 (喉)

3. 韓文的音節結構

　　韓文字的最基本單位為「母音」、「子音＋母音」、「母音＋子音」，也由「子音＋母音＋子音」組成一個字，按照位置叫「初聲（子音）」、「中聲（母音）」、「終聲／收尾音（子音）」，一個音節的造字模式跟中文一樣採用方塊字式。

(1) 母音（ㅇ是沒有音價的零聲母）

(2) 子音＋母音

(3) 母音（零聲母）＋子音

(4) 子音＋母音＋子音

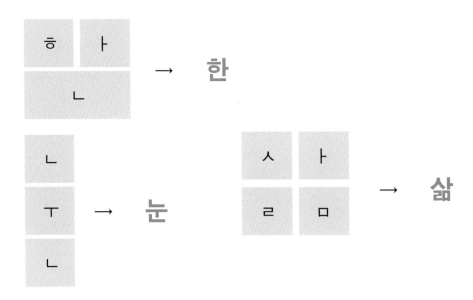

韓文字的結構來，組成的例子如下：

(1) 發音為母音時：

　아、오、어、우、이、예、와……

(2) 發音為子音（初聲）＋母音（中聲）時：

사자（獅子）、노래（歌曲）、여자（女子）、구두（皮鞋）、
나（我）、너（你）

(3) 發音為母音＋子音時：

앞（前）、알（卵／蛋）、열악（低劣）

(4) 發音為子音（初聲）＋母音（中聲）＋子音（終聲）時：

천국（天國）、간밤（昨晚）、육십（六十）、발달（發達）、
행복（幸福）

4. 韓語母音與子音總覽：子母 40 音

　　韓語有21個母音（包含單母音、複母音）與19個子音（包含基本子音、雙子音），只要將這 40 個子母音牢記並熟悉其發音規則，就可以說出道地的韓語囉！

(1) 母音（單母音＋複母音）：21 個

母音	ㅏ	ㅓ	ㅗ	ㅜ	ㅡ	ㅣ	ㅐ	ㅔ	ㅚ	ㅟ
拼音	[a]	[eo]	[o]	[u]	[eu]	[i]	[ae]	[e]	[oe]	[wi]
IPA	[a]	[ʌ]	[o]	[u]	[ɯ]	[i]	[ø/wɛ]	[e]	[ø/wɛ]	[y/wi]

母音	ㅑ	ㅕ	ㅛ	ㅠ	ㅒ	ㅖ
拼音	[ya]	[yeo]	[yo]	[yu]	[yae]	[ye]
IPA	[ja]	[jʌ]	[jo]	[ju]	[jɛ]	[je]

母音	ㅘ	ㅙ	ㅝ	ㅞ	ㅢ
拼音	[wa]	[wae]	[wo]	[we]	[ui]
IPA	[wa]	[wɛ]	[wʌ]	[we]	[ɯi]

ㅐ [ae]、ㅔ [e] 理論上是不同的音，但實際發音是沒有差異的。
ㅐ [ae]、ㅖ [ye] 與 ㅚ [eo]、ㅙ [wae]、ㅞ [we] 亦是如此。

(2) 子音（基本子音＋雙子音）：19 個

子音	ㄱ	ㄴ	ㄷ	ㄹ	ㅁ	ㅂ	ㅅ	ㅇ	ㅈ
韓文名稱	기역	니은	디귿	리을	미음	비읍	시옷	이응	지읒
拼音	[k/g]	[n]	[t/d]	[l/r]	[m]	[p/b]	[s/sh]	[ng]	[j]
IPA	[k/g]	[n]	[t/d]	[l/r]	[m]	[p/b]	[s/ɕ]	[ŋ]	[tɕ]

子音	ㅊ	ㅋ	ㅌ	ㅍ	ㅎ
韓文名稱	치읓	키읔	티읕	피읖	히읗
拼音	[ch]	[k]	[t]	[p]	[h]
IPA	[tɕʰ]	[kʰ]	[tʰ]	[pʰ]	[h]

子音	ㄲ	ㄸ	ㅃ	ㅆ	ㅉ
韓文名稱	쌍기역	쌍디귿	쌍비읍	쌍시옷	쌍지읒
拼音	[kk]	[tt]	[pp]	[ss]	[jj]
IPA	[k*]	[t*]	[p*]	[s*]	[tɕ*]

單母音、
基本子音

1. 母音

（1）關於母音的舌位與嘴形

進入母音之前要先了解一下「母音的舌位與嘴形」。為了讓您更正確理解母音的發音方法，應該先體驗以下幾點。

第一點，是舌頭的高低位置。分成「高母音」、「中母音」、「低母音」。

①「高母音」是舌頭後面部份靠近上顎（軟顎），並且舌頭的兩側貼到臼齒的位置（類似中文中「ㄧ」（yi）的音），嘴巴也張開一點點。

②「低母音」是舌頭從上顎完全離開，並舌尖也全放下來（類似中文中「ㄚ」（a）的音），下巴往下移動程度最大，也是嘴巴張開程度最大。

③「中母音」則介於這「高母音」跟「低母音」之間，舌頭像懸空的樣子，且嘴巴張開的程度比低母音小一點（類似中文的「ㄜ」（e）音）。

第二點，是舌頭的前後位置。這分成「前舌」、「後舌」。

①「前舌」是指舌尖貼到下排牙齒後面的狀態（類似中文中「ㄧ」（yi）的音）。

②「後舌」則是指舌尖離開下排牙齒，而舌根靠近上顎（軟顎）的音（類似中文中「ㄨ」（wu）、「ㄚ」（a）的音）。

　　如歸納前兩點的解釋可得知，中文中「一」（yi）音是「前舌高母音」；而「ㄚ」（a）音則是「後舌低母音」（見下頁韓語母音體系表）。

第三點，是嘴形。分成「平唇（展唇）」、「圓唇」。

①「平唇」為嘴邊維持平平的狀態，只用下巴往下移動方式發音，像中文的「ㄚ」（a）音。

②「圓唇」指如同吹口哨時，將嘴唇稍微嘟出來的樣子，像中文的「ㄛ」（o）音。

韓語單母音體系表

舌頭位置	前舌母音		後舌母音	
舌頭高低　　嘴形	展唇	圓唇	展唇	圓唇
高母音	ㅣ (i)	(ㅟ) (wi)	ㅡ (eu)	ㅜ (u)
中母音	ㅔ (e)	(ㅚ) (oe)	ㅓ (eo)	ㅗ (o)
低母音	ㅐ (ae)		ㅏ (a)	

（2）單母音：是採取一個嘴形與一個舌頭位置的母音

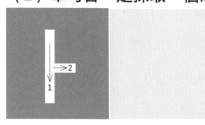

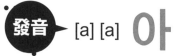

發音 [a] [a] 아

展唇音
舌頭前後：後
舌頭高低：低
與中文注音「ㄚ」（a）相似。

「아」是「ㅇ」+「ㅏ」結合的。其「ㅇ」為零聲母，非子音，是不發音的。韓文中書寫形式務必要滿足「子音＋母音」的書寫形式。因此以零聲母「ㅇ」來填補其子音的位置，發音時就跟著母音即可。

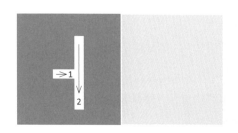

發音 [eo] [ʌ] 어

展唇音
舌頭前後：後
舌頭高低：中
與中文注音「ㄜ」（e）相似。

此發音像中文「們」中「men（ㄇㄣ）」的「e」音相似，像輕輕地咬住拇指的嘴形即舌頭往後拉，使舌尖呈懸空狀態，並且舌根部份接近軟顎，下巴往後拉而發出。是將「아」音往下的下巴，稍微往上縮小即可。

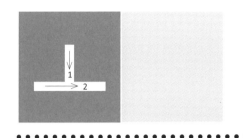

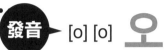 發音 [o] [o] 오

 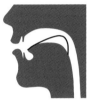

圓唇音
舌頭前後：後
舌頭高低：中
用上唇往下嘟嘴的嘴形發出音。

「어」與「오」易於混淆。這兩者的舌頭前後高低位置是一樣的，只差別在嘴形上。發「어」時上唇不動，主要將下巴稍微往下移動，而「오」則上唇與下巴都往下移動。即「어」是從發「오」音時的上唇放鬆開來的音。發出這兩個音時，將手背抬到下巴，反覆發音來確認下巴的上下移動情形，也是分出此兩個音的方法（「오」的下巴位置比「어」更往下）。

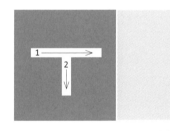

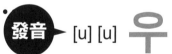 發音 [u] [u] 우

 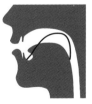

圓唇音
舌頭前後：後
舌頭高低：高
與中文注音「ㄨ」（wu）類似，用下唇朝上嘟嘴的嘴形發出音。

「우」音的舌頭位置比「오」音高，所以發「우」時的下巴位置比發「오」時還要高。若把兩個音反覆唸，其差異更加明顯。

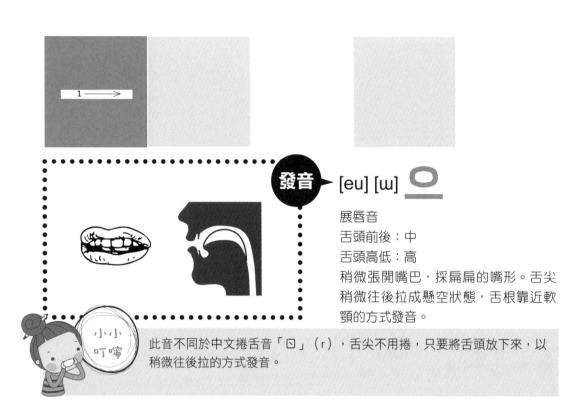

發音 [eu] [ɰ] 으

展唇音
舌頭前後：中
舌頭高低：高
稍微張開嘴巴，採扁扁的嘴形。舌尖
稍微往後拉成懸空狀態，舌根靠近軟
顎的方式發音。

小小叮嚀
此音不同於中文捲舌音「ㄖ」（r），舌尖不用捲，只要將舌頭放下來，以
稍微往後拉的方式發音。

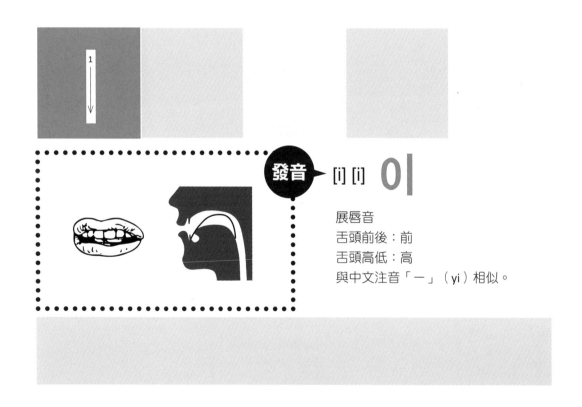

發音 [i] [i] 이

展唇音
舌頭前後：前
舌頭高低：高
與中文注音「ㄧ」（yi）相似。

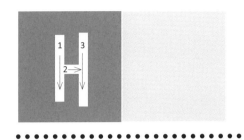

發音 [ae] [ɛ] 애

展唇音
舌頭前後：前
舌頭高低：低
英文「and」中「a」的音。

發音 [e] [e] 에

展唇音
舌頭前後：前
舌頭高低：中
英文「end」中「e」的音。

小小
叮嚀

「ㅐ」與「ㅔ」在現代韓語中沒有分別，視為相同的音。口說上以前後文脈絡來區分，而書寫上有表達同音異義的功能。

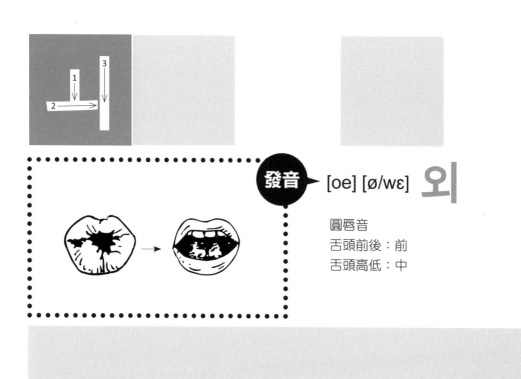

發音 ▶ [oe] [ø/wɛ] 외

圓唇音
舌頭前後：前
舌頭高低：中

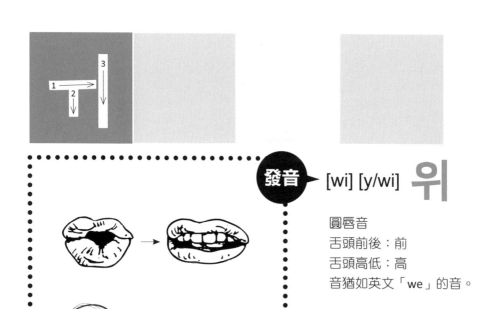

發音 ▶ [wi] [y/wi] 위

圓唇音
舌頭前後：前
舌頭高低：高
音猶如英文「we」的音。

小小
叮嚀

「ㅚ」與「ㅟ」此兩者原則上是單母音，但隨年齡層發出不同的音，即年輕一代通常以複母音來發音，而老一輩的人則以單母音來發音。但是其搭配的初聲字為子音時以單母音來發音。如：「죄」、「괴」、「쥐」、「귀」。

請聽 CD，寫下你聽到的發音

(   )   1. ①아   ②오   ③어

(   )   2. ①이   ②외   ③애

(   )   3. ①오   ②위   ③우

(   )   4. ①위   ②외   ③이

(   )   5. ①어   ②우   ③에

(   )   6. ①으   ②이   ③어

(   )   7. ①어오   ②어어   ③우어

(   )   8. ①에외   ②위에   ③이에

(   )   9. ①오우   ②우오   ③으어

(   )   10. ①으아   ②으이   ③외아

(3) 跟著範例寫寫看！

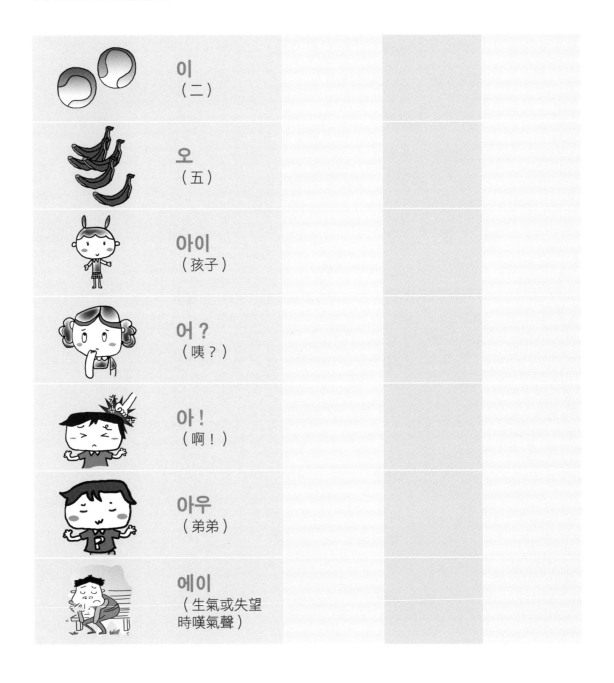

	이 （二）		
	오 （五）		
	아이 （孩子）		
	어？ （咦？）		
	아！ （啊！）		
	아우 （弟弟）		
	에이 （生氣或失望 時嘆氣聲）		

● 文化加油站

各種不同的「어」

　　各位可能從韓劇中發現，韓國人很喜歡用「어」這個字。這是因為這一個字帶有不少的意思又簡便，所以對話中常常出現。學習者大多難以掌握這個音所表達的涵義，不如以實際對話情境來理解。到底這個音什麼時候用、又該怎麼用呢？

1. 어：　「是」的意思，是以很簡短的方式結尾。

2. 어？：「你說什麼？」的意思。像疑問句一樣上揚調的方式結尾發音。

3. 어～：「是啊」或「原來如此」的意思。結尾以曲線式拉長的方式發音。

4. 어－：「知道了」、「好的」或「再見」的意思，以平調的方式稍微拉長來發音。

　　講電話時也常常使用這些話，甚至有時不講其他話，全部用這個「어」來開始對話到結束。例如：「여보세요. 어, 어? 어～, 어, 어-, 어-.（喂，你說什麼？是啊，是，好，再見！）」不過要小心，這只能對親近的平輩使用，不然會被指責為沒有禮貌的人。

(4) 實力測驗

♫ MP3-03

01 請把聽到的答案選出來

① 오이	② 이어	③ 오우
④ 우오	⑤ 에이	⑥ 이으
⑦ 으외	⑧ 위오	⑨ 어오

1. (　　　) 　　　2. (　　　) 　　　3. (　　　)

4. (　　　) 　　　5. (　　　) 　　　6. (　　　)

7. (　　　) 　　　8. (　　　)

02 請把聽到的答案選出來

① 으외어	② 어오아	③ 위어우
④ 어우이	⑤ 우이오	⑥ 이으아
⑦ 애아오	⑧ 으이에	⑨ 오어아

1. (　　　)　　　2. (　　　)　　　3. (　　　)

4. (　　　)　　　5. (　　　)　　　6. (　　　)

7. (　　　)　　　8. (　　　)

2. 子音

(1) 關於子音的發音部位與發音方法

　　進入子音之前，要先了解一下「子音的發音部位與發音方法」。母音是沒有氣流的阻塞下，只透過嘴形與舌頭位置來發音；然而子音是透過各口腔內的部位來阻塞氣流的方式發音。像吹笛子時需要吹氣及按或放哨孔一樣，呼吸運氣可視為母音，用手指控制哨孔則可視為子音，這兩者都運用得當才發出正確的音色出來。因此，子音是氣流的控制法，由唇腔、口腔、鼻腔、喉腔等部位來控制。即氣流從喉門放出前，先用舌頭各部位移動到某口腔位置或採取嘴唇開、閉動作，然後放出氣時經爆裂、摩擦、鼻音等各種排放方法來發出各種不同的音。如中文的「ㄎㄜ」（ke）音，是先將舌根貼到軟顎來阻氣，然後將舌根放下，以爆開的方式發出的音。相同道理，發子音關係到阻塞的位置跟放出氣的方法，這些阻塞位置叫做「發音部位」，出氣的方法叫做「發音方法」，是發出子音音節的第一步動作，因此韓語中將子音字稱作「初聲字」。採取前阻塞動作後放出的氣流的是母音，因此母音字叫做「中聲字」。如同中文裡「聲母」及「韻母」的領域（但在韓語，將中文的「韻母」的部分再細分為母音跟尾音，由此可知中文採取二分法的音節結構，韓文則是採取三分法的音節結構）。

　　掌握子音時，氣流阻塞位置與方法為學習關鍵。所以建議大家進入子音之前，先了解以下的發音部位與方法說明。

1 各發音部位

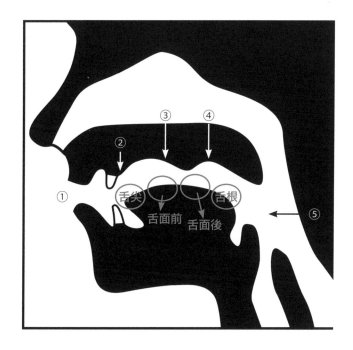

2 韓語子音的發音部位（五種主要氣流阻塞的部位）

①**雙唇音**：從上下唇閉合後鬆開而發出的音。

　　如：ㅂ、ㅃ、ㅍ、ㅁ（如ㄅ（b）、ㄆ（p）、ㄇ（m））

②**齒莖（齒齦）音**：從上排牙齒的正後方有稍微突起的地方跟舌尖產生阻塞
　　而發出的音。

　　如：ㄷ、ㄸ、ㅌ、ㅅ、ㅆ、ㄴ、ㄹ（如ㄉ（d）、ㄊ（t）、ㄋ（n）、ㄌ（l））

③**硬顎音**：齒莖後方硬顎與舌面前產生阻礙而發出的音。

　　如：ㅈ、ㅉ、ㅊ（如ㄐ（j）、ㄑ（q）、ㄒ（x））

　　中文的「ㄙ」（s）音跟齒莖音很像，中文叫做「舌尖前音」，是屬於舌
尖的前面部位來發的音。而韓文的「ㅅ」[s] 則是屬於中文的「舌尖中音」，
比「ㄙ」（s）的部位稍微後面一點，因此舌頭跟齒莖部位間的接觸面也比較寬，
空氣可排出的空間較寬，排氣量也較多。

④軟顎音：舌根貼到軟顎（硬顎後方比較鬆軟的部位）產生阻塞後放開而發出的音。

　　如：ㄱ、ㄲ、ㅋ（如ㄍ（g）、ㄎ（k））

⑤喉音：放開喉門而發出的音

　　如：ㅎ（如ㄏ（h））

❸ 韓語子音的發音方法：五種主要控制（開閉）氣流的方法

①破（裂）音：用口腔裡的各部位阻塞空氣後，阻塞部位大大放開，把那些氣如同爆發般一口氣噴發出來的音。

　　如：ㅂ、ㅃ、ㅍ、ㄷ、ㄸ、ㅌ、ㄱ、ㄲ、ㅋ

　　（如ㄅ（b）、ㄆ（p）、ㄉ（d）、ㄊ（t）、ㄍ（g）、ㄎ（k））

②摩擦音：用舌面或舌根將空氣非完全阻塞，留下一點點空隙後，讓氣從空隙像摩擦的方式發出來的音。

　　如：ㅅ、ㅆ、ㅎ（如ㄙ（s）、ㄒ（x））

③破擦音：用舌面先完全阻塞氣流，然後放氣時稍微留出空隙，以產生磨擦的方式發出的音。即先破音後摩擦的音。

　　如：ㅈ、ㅉ、ㅊ（如ㄐ（j）、ㄑ（q）、ㄘ（c））

④鼻音：雖然氣流在口腔中產生阻塞，可是使另一個氣流通到鼻腔發出的音，是阻塞跟非阻塞同時發生的音。

　　如：ㅁ、ㄴ、ㅇ（如ㄋ（n）、ㄇ（m）、ㄥ（ng））

⑤流音：舌尖頂住齒莖而產生阻塞，然而讓氣從舌側兩邊流放出來而發出的音。

　　如：ㄹ（如ㄌ（l））

(2) 基本子音：牙音、舌音、唇音、齒音、喉音

1 牙音

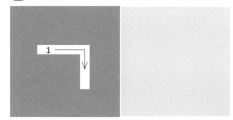

發音 [k/g] [k/g] 기역 (giyeok)

位置：軟顎　　方法：破音

舌根頂到軟顎，阻塞氣流後，將舌根放下來而把氣徐徐放出的音。中文名叫做「塞音」。與英文「good」中「g」或中文注音「《」第二聲、第三聲（韓語的低音：L（low））的音相似，如「感」中「《」（g）音。此音出現在字頭時稍微發出一點點的氣音，但用氣程度微弱。

寫寫看

가 거 고 구 그 기

小小叮嚀

此音出現在字頭時稍微發出一點點的氣音，但用氣程度微弱。像下面舉的例子，若用前後兩字的音來比較，可以聽出出現在字頭的音聽起來像英文的 [k] 音，而出現於後字的則比較像是 [g] 音。但字頭「ㄱ」音排氣的程度比實際的 [k] 音微弱，因此韓國人認定為 [g] 音。

如：가구家具 / 고기肉 / 그거那個

♪ MP3-05

發音 [k] [kʰ] 키읔 (kieuk)
位置：軟顎　方法：破音（送氣）

氣流釋放比「ㄱ」快又多。相當於注音「ㄎ」（k）音加上英文摩擦音「h」相結合的音（中文的「ㄎ」（k）音沒有摩擦音的成份，而韓文「ㅋ」音則帶有摩擦音成份），發音時通常用高音（H），像中文的一、四聲來發音。

寫寫看

카	커	코	쿠	크	키

小小叮嚀
中文第二聲、第三聲的音比較類似於韓語的低音（L (low)）。發中文的第二、三聲時各發音部位的緊縮度比第一、四聲來的小，所以用了「低音（L）」的說明。韓語子音另有「硬音」，其發音部位的緊縮度比較大，相當於中文第一或第四聲，所以用「高音（H）」來附加說明。因此本說明是以中文的聲調為著眼點，提出高音（H）及低音（L），讓學習者面對相似音時有助於辨音。

2 舌音

發音 [n] [n] 니은 (nieun)

位置：齒莖　　方法：鼻音

與中文注音「ㄋ」（n）發音部位相同，將舌尖頂到齒莖用鼻音發出。

寫寫看

♫ MP3-07

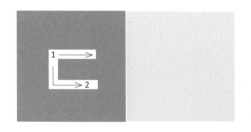

發音

[t/d] [t/d] 디귿 (digeut)

位置：齒莖　　方法：破音

將舌尖頂到齒莖來阻塞氣流後把氣徐徐放出，與中文注音「ㄉ」（d）第二聲、第三聲（韓語的低音：L）的音相似，如「打」中「ㄉ」（d）音。此音出現在字頭時稍微發出一點點的氣音，但用氣程度微弱。

寫寫看

다 더 도 두 드 디

小小叮嚀

此音出現在字頭時稍微發出一點點的氣音，但用氣程度微弱。如下面例子，可用前後兩字的音來比較，可以聽出出現字頭的音為 [t] 音，而出現於後字的則是 [d] 音。但字頭音「ㄷ」排氣程度比實際英文的 [t] 音微弱，因此韓國人認定為 [d] 音。

如：드디어終於／더디다緩慢／두다放

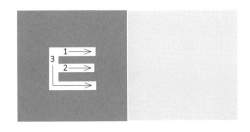

發音

[t] [tʰ] 티읕 (tieut)
位置：齒莖　方法：破音（送氣）

與注音「ㄊ」（t）相似，但氣流釋放出來的速度與量比「ㄊ」（t）還要快又多。相當於注音「ㄊ」（t）音加上英文摩擦音「h」相結合的音（中文的「ㄊ」（t）音沒有摩擦音的成份，而韓文「ㅌ」音則帶有摩擦音成份）。發音時通常用高音如同中文的一、四聲來發音。

寫寫看

타 터 토 투 트 티

♫ MP3-09

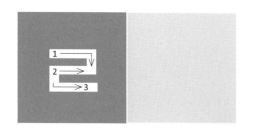

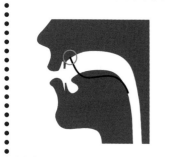

發音 [l/r] [l/r] 리을 (rieul)

位置：齒莖　方法：流音

將舌尖頂到齒莖後開放的音。與注音「ㄌ」（ㄌ）相似。

寫寫看

라 러 로 루 르 리

小小叮嚀 彈舌音 [r] 是無尾音的前字，以母音結尾後接著出現初聲字 [ㄹ] 時，[ㄹ] 音將舌頭捲起後放開，舌尖輕輕碰觸硬顎而發出的音（但要注意的是，此音與捲舌音不同）。

如：나라國家／보리大麥／가루粉末

3 唇音

 發音　[m] [m] 미음 (mieum)
位置：雙唇　方法：鼻音

雙唇閉合後放開時，以鼻音方式發出音。與中文注
音「ㄇ」（m）相似。

寫寫看

마 머 모 무 므 미

♫ MP3-11

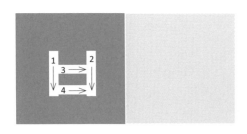

發音 [p/b] [p/b] 비읍 (bieup)
位置：雙唇　方法：破音

將雙唇關閉，以阻塞氣流後徐徐放出。與注音「ㄅ」(b)第二聲、第三聲（韓語的低音：L）的音相似，如「伯」中「ㄅ」(b)。此音出現在字頭時稍微發出一點點的氣音，但送氣程度微弱。

寫寫看

바　버　보　부　브　비

小小叮嚀　此音出現在字頭時稍微發出一點點的氣音，但排氣程度微弱。如下面的例子，可用前後兩字的音來比較，可以聽出在字頭的音為 [p] 音，而出現於後字則是 [b] 音。但其送氣程度比實際英文的 [p] 音微弱，因此韓國人把它認定為 [b] 音。
如：바보傻瓜／바비芭比

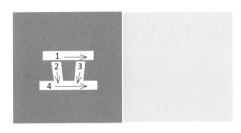

 發音 ▶ [p] [pʰ] 피읖 (pieup)

位置：雙唇　方法：破音（送氣）

與注音「ㄆ」（p）相似，但氣流釋放出來的速度與
量比「ㄆ」（p）還要快又多。相當於注音「ㄆ」（p）
音加上英文摩擦音「h」相結合的音（中文的「ㄆ」
（p）音沒有摩擦音的成份，而韓文「ㅍ」音則帶有
摩擦音成份）。發音時通常用高音，如中文的一、
四聲。

寫寫看

파	퍼	포	푸	프	피

♪ MP3-13

④ 齒音

發音

[s/sh] [s/ɕ] 시옷 (siot)
位置：齒莖　方法：摩擦音

先將舌面前部位靠近齒莖留下空隙，再把氣流從其空隙以磨擦的方式放出來發音。。跟英語「s」音，注音「ㄙ」（s）、「ㄒ」（x）音的摩擦方式相似。但與「ㅣ」母音結合時發 [sh] 音。

寫寫看

사 서 소 수 스 시

小小叮嚀

這「ㅅ」音跟英語的「s」音都有摩擦音的共同特徵，且與「snow, small, sky」等子音前出現的「s」音相似；而如「so, say」等母音前出現的「s」音則比較相近於的硬音「ㅆ」。中文裡「ㄙ」（s）音就與這「ㅆ」音相似，但沒有與「ㅅ」音相似的音。因此發「ㅅ」音時在脖頸放鬆的狀態下，將舌尖貼近齒莖而留下一點空隙，把氣流以摩擦的方式放出去即可。

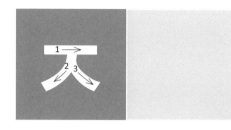

發音 [j] [tɕ] 지읒 (jieut)

位置：硬顎　方法：破擦音（塞擦音）

先將舌面貼上硬顎來阻塞氣流後，再留出一點空隙以摩擦音的方式徐徐發出音。與注音「ㄐ」（j）第二聲、第三聲（韓語的低音：L）的音相似。此音出現在字頭時稍微發出一點點的氣音，但送氣程度微弱。

寫寫看

자	저	조	주	즈	지

小小叮嚀

此音出現在字頭時稍微發出一點點的氣音，但用氣程度微弱。像下面的例子，可用前後兩字的音來比較，可以聽出出現在字頭的音為 [ch] 音，而出現於後字則是 [j] 音。但字頭音「ㅈ」排氣程度比英文的 [ch] 音微弱，因此韓國人認定為 [j] 音。

如：주제主題 / 가자走吧 / 조조曹操

♪ MP3-15

發音

[ch] [tɕʰ] 치읓 (chieut)

位置：硬顎　方法：破擦音（塞擦音 / 送氣）

先將舌面貼上硬顎來阻塞氣流後，以摩擦音的方式發出音，但是比起「ㅈ」，釋放出較快又多的氣流。相當於注音「ㄑ」（q）音加上英文摩擦音「h」相結合的音。發音時通常用高音（H），如中文的第一、四聲。

寫寫看

차	처	초	추	츠	치

5 喉音

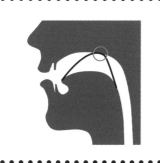

發音 [ng] [ŋ] 이응 (ieung)

其當初聲字時為零聲母，本身不發音而跟著母音讀。
當尾音時發 [-ng] 的音，即相當於中文的「ㄥ」（ng）
音。

寫寫看

아 어 오 우 으 이

發音 [h] [h] 히읗 (hieut)
位置：喉門　方法：摩擦音（送氣）

與中文注音「ㄏ」（h）相似。

寫寫看

하 허 호 후 흐 히

小小
叮嚀

此為摩擦音。其實台灣人的「ㄏ」（h）音則非以摩擦音方式發音，是以單純的開放喉門而發出的音。反觀中國普通話若仔細聽中國北方地區的人發此音時，就以喉門部位產生摩擦的方式發音。如發「和」音時台灣人只放開喉門發音，而中國人則發喉門部位有摩擦且有抖動的方式發音。這一點上韓語的「ㅎ」音比較像中國普通話的「ㄏ」（h）音。

請聽 CD，寫下你聽到的發音

(　) 1. ①마　　②머　　③모　　④무

(　) 2. ①다　　②더　　③도　　④두

(　) 3. ①나　　②녀　　③노　　④누

(　) 4. ①더미　　②도미　　③두미　　④드미

(　) 5. ①소시　　②서시　　③스시　　④수시

(　) 6. ①기타　　②미다　　③니다　　④이타

3. 基本子音＋單母音複習

(1) 練習寫寫看！把子音與母音拼寫在一起，熟悉韓文字型與發音吧！

	ㅏ	ㅓ	ㅗ	ㅜ	ㅡ
ㄱ					
ㄴ					
ㄷ					
ㄹ					
ㅁ					
ㅂ					
ㅅ					
ㅇ					
ㅈ					
ㅊ					
ㅋ					
ㅌ					
ㅍ					
ㅎ					

ㅣ	ㅔ	ㅐ	ㅚ	ㅟ

(2) 單字練習：寫寫看，唸唸看！

小小
叮嚀

前面介紹子音時提到，[ㄱ]、[ㄷ]、[ㅂ]音出現在第一音節與出現在第一音節後的音有點不同。即第一音節時分別發出 [k]、[t]、[p] 的音，而第二音節後則發出 [g]、[d]、[b] 的音。因為他們為破音，所以做為開頭音時難免會是有一點發出送氣的音。雖然聽起來像送氣音，但屬於微送氣，不算是真正送氣音的範疇內。

① 牙音

ㄱ	가구 家具	고기 肉	사거리 十字路口
ㅋ	카드 卡片	커요 大	스키 滑雪

② 舌音

ㄴ	네 是	누구 誰	어머니 母親
ㄷ	드디어 終於	모두 一切	다시 再次
ㅌ	스타 明星	테니스 網球	스트레스 壓力
ㄹ	드라마 戲劇	머리 頭	노래 歌

③ 唇音

ㅁ	모자 帽子	미소 微笑	나무 樹
ㅂ	바보 笨	비누 肥皂	제비 燕子
ㅍ	커피 咖啡	포도 葡萄	아파요 痛

④ 齒音

ㅅ	사이 中間	시내 市內	쉬어요 休息
ㅈ	자주 經常	저기 那裡	어제 昨天
ㅊ	기차 火車	취미 興趣	최고 最好

⑤ 喉音

ㅇ	아니요 不是	우리 我們 	어디 哪裡
ㅎ	허리 腰	하루 一天	회사 公司

(3) 這些句子都很實用，練習寫寫看、說說看吧！

1. 아니에요 . _____ 不是、哪裡

2. 아이고 ! _____ 唉啊！（嘆氣時）

3. 어머나 ! _____ 天啊！

4. 저기요 ! _____ 先生 / 小姐

（要稱呼陌生人或在餐廳、商店叫服務人員時用）

5. 기다리세요 . _____ 請等一下。

6. 어서 오세요 . _____ 歡迎光臨。

7. 이거 주세요 . _____ 請給我這個。

8. 그저 그래요 . _____ 還好。（不怎麼樣）

● 文化加油站

以不變應萬變的「아니에요.」

　　面對台灣人表達「謝謝」時，就該回答「不客氣」或「哪裡」；而當收到「對不起」時，則通常回答「沒關係」，在中文裡有清楚的區分。然而韓國人表達謝意或歉意時，雖然也有各種不同的回應方式，卻也有統一的說法，就是「아니에요」。因此若有人跟你說「감사합니다.（謝謝。）」時，可以回應「아니에요.（不客氣。）」若有人跟你說「미안합니다.（對不起。）」時，也可以回答「아니에요.（沒關係。）」

　　另外，若收到像「오늘 너무 예뻐요.（妳今天好漂亮）」的稱讚時，也可以謙虛的回應「아니에요.（哪裡）」。中文遇到相同樣情境時，往往謙虛回應「沒有啦」，因此初學韓文者，常常直接以中文式用法來回應對方「없어요.（沒有）」。但是韓文的「없어요」只具有對於「存在的事物」加以否定的意義，並沒有謙虛的語感。針對這點，也可以使用「아니에요」，使說話的語感更正確喔！

第 2 堂課

複母音、
硬音

1. 複母音

❶ 複母音的嘴形介紹

❷ 基本 11 個複母音

❸ 實力測驗

❹ 基本子音＋複母音複習

2. 硬音

❶ 硬音發音介紹

❷ 基本五個硬音（雙子音）

❸ 硬音 / 平音 / 激音複習

1. 複母音

（1）複母音的發音法介紹

　　複母音（又稱二重母音或雙母音），由兩個單母音組合成一個音。一個音節的母音具有兩種嘴形，發音法為先採取一個單母音的嘴形後接著滑向後一個單母音。如同採 [ㅣ] 音的嘴形，緊接著發出 [ㅏ] 後就可發成 [ㅑ（押）] 的音。韓語的複母音大分為「ㅣ」系複母音（ㅑ、ㅕ、ㅛ、ㅠ、ㅖ、ㅒ）、「ㅜ」系複母音（ㅘ、ㅝ、ㅙ、ㅞ、（ㅟ、ㅚ）），以及「ㅡ」系複母音（ㅢ）三類，其詳細內容如下。

（2）基本 11 個複母音

① 「ㅣ」系複母音

♪ MP3-21

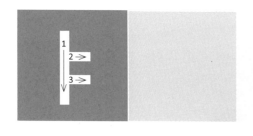

發音 **[ya] [ja]**

音猶如緊接著念 [ㅣ] ＋ [ㅏ]。

寫寫看

갸	냐	먀	샤	햐

小小叮嚀

「ㅈ」、「ㅊ」與「ㅑ」結合的「쟈」、「챠」，實際發音時分別發成「자」、「차」的音。與「ㅕ」、「ㅛ」、「ㅠ」結合時也一樣，發成「저」、「처」；「조」、「초」；「주」、「추」。

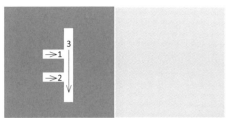

發音 [yeo] [jʌ]

音猶如緊接著念 [ㅣ] + [ㅓ]。

寫寫看

겨 녀 며 셔 혀

第 2 堂課
複母音、硬音

發音 [yo] [jo]

音猶如緊接著念 [ㅣ] + [ㅗ]。

寫寫看

교 뇨 묘 쇼 효

♫ MP3-24

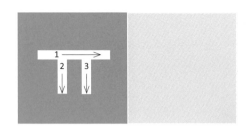

發音 [yu] [ju]

音猶如緊接著念 [ㅣ] ＋ [ㅜ]。

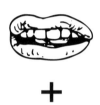

＋

寫寫看

규 뉴 뮤 슈 휴

♫ MP3-25

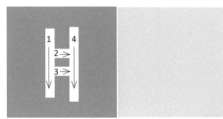

發音 [yae] [jɛ]

音猶如緊接著念 [ㅣ] ＋ [ㅐ]。

＋

寫寫看

개 내 매 새 해

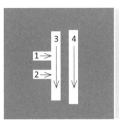

+

 [ye] [je]

音猶如緊接著念 [ㅣ] ＋ [ㅔ]。

寫寫看

계	녜	몌	셰	혜

「ㅐ」與「ㅔ」兩者視為同一音，且與子音結合時，皆發「ㅔ」音。如「걔、계」都發成「게」音。但與「ㄴ」、「ㅅ」則除外，可發「냬」、「녜」、「섀」、「셰」音。

② 「ㅜ」系複母音

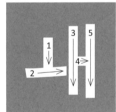

+

 [wae] [wɛ]

音猶如緊接著念 [ㅗ] ＋ [ㅐ]。

寫寫看

괘	놰	뫠	쇄	홰

♫ MP3-28

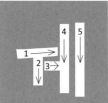

 發音 [we] [we]

音猶如緊接著念 [ㅜ] + [ㅔ]。

寫寫看

궤	눼	뭬	쉐	뭬

「ㅙ」與「ㅞ」此兩者視為一音。因此「ㅙ、ㅞ、ㅚ」皆視為相同的音。

♫ MP3-29

 發音 [wa] [wa]

音猶如緊接著念 [ㅗ] + [ㅏ]。

寫寫看

과	놔	뫄	솨	화

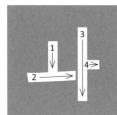

 「ㅘ」為「ㅜ」系複母音,實際上以「ㅜ」加「ㅏ」的方式發音。雖然如此,按韓語拼寫法規則「ㅜ」不與「ㅏ」音結合使用,得轉換成「ㅗ」而寫成「ㅘ」。所以要記得發音時可以發成「ㅜㅏ」音,但寫法要寫成「ㅘ」。

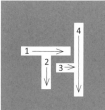

+

③「一」系複母音

發音 [wo] [wʌ]　音猶如緊接著念 [ㅜ] ＋ [ㅓ]。

寫寫看

궈	눠	뭐	숴	훠

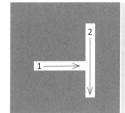

發音 [ui] [ɰi] 此音先取採 [ㅡ] 的嘴形，然後緊接著滑向 [ㅣ] 的音。因此舌側位置最後貼到臼齒的狀態。但「ㅢ」若與子音結合時，發「ㅣ」的音。

寫寫看

긔	늬	믜	싀	희

小小叮嚀

「의」音有三種唸法：
① [의]：搭配零聲母「ㅇ」，並出現在第一音節時：
　　　　의사 [**의**사]　　의무 [**의**무]
② [이]：搭配子音時，或搭配零聲母，而出現在第一音節後時：
　　　　무늬 [무**니**]　　회의 [회**이**]
③ [에]：當助詞使用時，意「的」：우리의 [우리**에**]

（3）實力測驗

♪ MP3-32

請把聽到的答案選出來

（　　）1. ①워　　②의　　③웨

（　　）2. ①야　　②여　　③요

（　　）3. ①눼　　②네　　③눠

（　　）4. ①줘　　②죄　　③쥐

（　　）5. ①해　　②회　　③화

（　　）6. ①괴　　②과　　③궈

Memo

（4）基本子音＋複母音複習

1 練習寫寫看！把子音與複母音拼寫在一起，熟悉韓文字型與發音吧！

	ㅑ	ㅕ	ㅛ	ㅠ	ㅒ
ㄱ					
ㄴ					
ㄷ					
ㄹ					
ㅁ					
ㅂ					
ㅅ					
ㅇ					
ㅈ					
ㅊ					
ㅋ					
ㅌ					
ㅍ					
ㅎ					

ㅖ	ㅒ	ㅖ	ㅘ	ㅝ	ㅢ

♪ MP3-33

2 單字練習：寫寫看，唸唸看！

ㅑ	**야구** 棒球	**샤이니** SHINee（偶像團體）	**야자수** 椰子樹 
ㅕ	**여자** 女人	**소녀** 少女	**여우** 狐狸
ㅛ	**요리** 料理	**우표** 郵票	**교회** 教會
ㅠ	**유리** 玻璃	**휴지** 廁紙	**서류** 文件
ㅐ	**얘기** 話	**얘** 這孩子	**걔** 那孩子
ㅖ	**예** 例	**시계** 時鐘	**차례** 順序

내	왜 為什麼	돼지 豬	돼요 可行
계	웨이터 服務生	궤도 軌道	화훼 花卉
나	사과 蘋果 / 道歉	과자 餅乾	봐요 看
거	뭐 什麼	매워요 辣	줘요 給

	의사 醫生	의자 椅子	의미 意思
의 : [의]			
	회의 會議	의의 意義	무늬 紋路
의 : [이]			
	우리의 我們的	아버지의 爸爸的	자유주의의 自由主義的
의 : [에]			

3 這些句子都很實用，練習寫寫看、說說看吧！

1. 고마워요 . _____ 謝謝（對平輩）。

2. 여보세요 ? _____ 喂？（接電話時）

3. 뭐 해요 ? _____ 在做什麼？

4. 가위 , 바위 , 보 _____ 剪刀石頭布！

5. 비가 와요 . _____ 下雨。

6. 너무 귀여워요 . _____ 太可愛。

7. 왜요 ? _____ 為什麼呢？

8. 외로워요 . _____ 孤單。

2. 硬音

（1）硬音發音介紹

  韓語中有些子音按送氣的強弱來分音，即分成「激音」、「平音」、「硬音」。我們在子音的部分學到的「ㄱ、ㄷ、ㅂ、ㅅ、ㅈ」稱之為「平音」，而「ㅋ、ㅌ、ㅍ、ㅊ」為「激音（又稱送氣音）」。在此單元要學習的則是「硬音」。

  「硬音」（亦稱緊音、濃音）由前述五個平音單子音衍生而來，因此跟單子音的發音部位相同，只是發音時各部位以較緊縮、不送氣的方式發出聲音。硬音猶如中文第一聲、第四聲的高音（H；意思為 high），又送氣程度最弱（近不送氣）。因此硬音的特徵為：「高音、不送氣」。

  若按送氣程度看同系列音，其排序從大到小為：激音（送氣）＞平音（弱氣）＞硬音（無氣）（例如ㅋ＞ㄱ＞ㄲ）。因為放出氣流的強度為區分平音、硬音、激音的主要基準，因此學硬音時該注意它的「不氣性」。練習時，請將手掌放至嘴前約 3 公分處後再發音，以確認發音方式是否正確。

（2）基本 5 個硬音（雙子音）

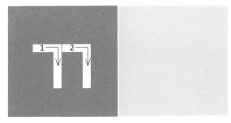

發音 [kk] [k*] 쌍기역 (ssang-giyeok)　位置：軟顎　方法：破音（無氣性）

與中文注音「ㄍ」（g）第一、四聲的音相似，如「歌」中 [ㄍ]（g）音。

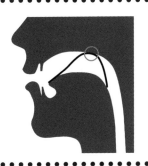

寫寫看

까	꺼	꼬	꾸	끄	끼

第 2 堂課　複母音、硬音

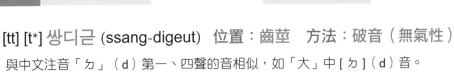

發音 [tt] [t*] 쌍디귿 (ssang-digeut)　位置：齒莖　方法：破音（無氣性）

與中文注音「ㄉ」（d）第一、四聲的音相似，如「大」中 [ㄉ]（d）音。

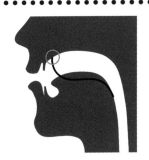

寫寫看

따	떠	또	뚜	뜨	띠

第2堂課
02 硬音

♫ MP3-37

 發音 [pp] [p*] 쌍비읍 (ssang-bieup)　位置：雙唇音　方法：破音（無氣性）
與中文注音「ㄅ」（b）第一、四聲的音相似，如「爸」中 [ㄅ]（b）音。

寫寫看

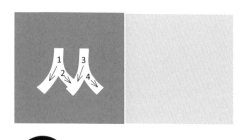

♫ MP3-38

發音 [ss] [s*] 쌍시옷 (ssang-siot)　位置：齒莖　方法：摩擦音（無氣性）
脖頸緊縮，將舌面靠近齒莖與硬顎間留下空隙，把氣流從其空隙以摩擦的方式發出
來發音，氣流釋放程度比平音「ㅅ」少。

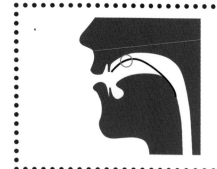

寫寫看

發音 [jj] [tɕ*] 쌍지읒 (ssang-jieut)　位置：硬顎　方法：破擦音（無氣性）
與中文注音「ㄐ」（j）第一、四聲的音相似。

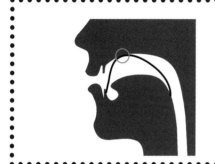

寫寫看

짜	쩌	쪼	쭈	쯔	찌

（3）硬音 / 平音 / 激音複習

1 單字練習：寫寫看，唸唸看！（以下按氣的強度排序）

	ㄲ （無氣）	**까요** 剝	**꼬마** 小朋友	**자꾸** 頻頻 / 一再
	ㄱ （弱氣）	**가요** 走	**여기요** 這裡！（呼叫用）	**누구** 誰
	ㅋ （送氣）	**커요** 大	**커피** 咖啡	**코피** 鼻血
	ㄸ （無氣）	**따로** 另外 / 個別	**뜨거워요** 燙	**또** 又
	ㄷ （弱氣）	**다세요** 請懸掛	**더워요** 熱	**두 개** 兩個
	ㅌ （送氣）	**타세요** 請搭 / 上（車）	**외투** 大衣	**노트** 筆記本 (note)

	ㅃ （無氣）	오빠 哥哥（女用語）	예뻐요 漂亮	바빠요 忙
	ㅂ （弱氣）	아버지 爸爸	배워요 學	보세요 請看
	ㅍ （送氣）	아파요 痛	피아노 鋼琴	펴세요 請打開（書）
	ㅆ （無氣）	싸요 便宜	써요 寫/使用/戴/苦	아저씨 大叔
	ㅅ （弱氣）	사요 買	서요 站	마셔요 喝

第2堂課 複母音、硬音

	ㅉ （無氣）	짜요 鹹	찌세요 請蒸	찌개 韓式小火鍋
	ㅈ （弱氣）	자요 睡	지세요 請背	어제 昨天
	ㅊ （送氣）	차요 踢／涼	치세요 請撒／請打	추워요 冷

♫ MP3-41

② 實力測驗：請把聽到的答案選出來

( ) 1. ①자요 ②차요 ③짜요

( ) 2. ①바구니 ②빠구니 ③파구니

( ) 3. ①개요 ②깨요 ③캐요

( ) 4. ①살 ②쌀

( ) 5. ①토기 ②토키 ③토끼

( ) 6. ①가자 ②가짜 ③가차

( ) 7. ①코끼리 ②고기리 ③꼬끼리

( ) 8. ①뻐꾸기 ②버꾸기 ③버쿠기

( ) 9. ①두더지 ②투더지 ③뚜더지

( ) 10. ①꼬기 ②고기 ③코기

( ) 11. ①다리 ②따리 ③타리

( ) 12. ①바빠요 ②빠바요 ③바파요

( ) 13. ①사요 ②싸요

( ) 14. ①자요 ②짜요 ③차요

( ) 15. ①아바요 ②아빠요 ③아파요

( ) 16. ①고마 ②꼬마 ③코마

( ) 17. ①까지 ②까찌 ③까치

( ) 18. ①바리 ②파리 ③빠리

( ) 19. ①소리 ②쏘리

( ) 20. ①배주 ②배쭈 ③배추

第2堂課
複母音、硬音

♫ MP3-42

3 這些句子都很實用，練習寫寫看、説説看吧！

1. 너무 짜요 . _____ 太鹹了。

2. 너무 비싸요 . _____ 太貴。

3. 싸게 해 주세요 . _____ 算便宜一點。

4. 아주 가까워요 . _____ 很近。

5. 아주 바빠요 . _____ 很忙。

6. 또 오세요 . _____ 歡迎再來。

7. 너무 예뻐요 . _____ 太漂亮。

8. 이거 어때요 ? _____ 這個怎麼樣？

9. 따로 주세요 . _____ 請分開給。

10. 여기에 쓰세요 . _____ 請寫這裡。

最有保障的禮貌用語「여기요」或「저기요」

在韓國，第二人稱的稱呼並沒有很清楚明確的表示方法。通常將對方的職稱、身分或姓名當做第二人稱代名詞來使用，不像中文稱男生為「先生」，稱女生為「小姐」。因此，韓國人叫陌生人時通常用「여기요（這裡）」跟「저기요（那裡）」。各位要小心，若叫陌生人時用到「아가씨（小姐）」或「아저씨（大叔）」很有可能讓對方感到不舒服喔！

其實名詞本身沒有貶意，但是小姐有時用來作為特殊行業的別稱，因此由男生叫陌生的女生時，女方會特別感到不舒服。而「大叔」的稱呼就是專門用來針對已婚男性，語感上聽起來年紀較大。因此，年輕人就算表面上不為所動，內心也不太喜歡聽到此稱呼。

韓國人為了避免失禮，所以只好使用非特定指稱的說法，那就是「這裡」跟「哪裡」了。所以各位在餐廳或商店叫服務生時，記得要使用「여기요！」或「저기요！」，以避免不必要的誤會喔！

Memo

收尾音

（終聲）

　　韓語的收尾音以子音構成。韓語標記法中，子音除了「ㄸ」、「ㅃ」、「ㅉ」以外，都可以使用為收尾音，其共有16個字、7個音（ㄴ (-n)、ㅁ (-m)、ㅇ (-ng)、ㄹ (-l)、ㄱ (-k)、ㄷ (-t)、ㅂ (-p)）。此七個音以口腔放出氣流之阻塞情形可分類為共鳴音（中文稱「響音」）與障礙音（中文稱「塞音」）。

　　共鳴音（響音）為「ㄴ、ㅁ、ㅇ、ㄹ」，發音又分為鼻音收尾音 (ㄴ、ㅁ、ㅇ) 與流音收尾音 (ㄹ)：鼻音收尾音是發音一開時動作雖有阻塞，卻開放鼻腔而發出的音；流音收尾音則是舌尖頂住的狀態下讓氣流從舌側兩邊發出去的音。

　　障礙音（塞音）為「ㄱ、ㄷ、ㅂ」，其發音則為空氣完全阻塞。塞音發音時採取以發音部位來阻塞口腔氣流的方式，因此其塞音似乎在語音中消失，不易聽清楚，為此台灣學習者對這類尾音感到困難不少。然而，在台語中仍保持著這些音，例如台語「國」收尾處相近於尾音 [ㄱ]；台語「踢」收尾處相近於收尾音 [ㄷ]；台語「濕」收尾處相近於尾音 [ㅂ]，所以學塞音收尾音時可參考上述幾個例子。

1. 單子音作為收尾音　　♪ MP3-43

（1）7 個代表音

① [ㄴ]：[-n] 是齒莖音，以舌尖頂住齒莖收尾，並發出鼻音。

　　唸唸看：〔나〕–〔난〕　　　〔라며〕–〔라면〕

　　　　　　〔어제〕–〔언제〕　　　〔대마〕–〔대만〕

② [ㅁ]：[-m] 是雙唇音，以雙唇閉合收尾，並發出鼻音。

　　唸唸看：〔모〕–〔몸〕　　　〔아치〕–〔아침〕

　　　　　　〔사라〕–〔사람〕　　　〔저시〕–〔점심〕

③〔ㅇ〕：[-ng] 是軟顎音，以舌根貼住軟顎收尾，並發出鼻音。

唸唸看： 〔여〕–〔영〕　　　　〔뚜뚜〕–〔뚱뚱〕

　　　　 〔가바〕–〔가방〕　　　〔고하〕–〔공항〕

④〔ㄹ〕：[-l] 是齒莖音，舌尖頂住齒莖收尾，舌頭的背面往外
　　　顯示的狀態。

唸唸看： 〔기〕–〔길〕　　　　〔모라〕–〔몰라〕

　　　　 〔빠래〕–〔빨래〕　　　〔소소〕–〔솔솔〕

⑤〔ㄱ〕：[-k] 是軟顎音，以後舌根貼住軟顎收尾。

同系列音：ㄲ、ㅋ

唸唸看： 〔구〕–〔국〕　　　　〔대하〕–〔대학〕

　　　　 〔부어〕–〔부엌〕　　　〔또또〕–〔똑똑〕

⑥〔ㄷ〕：[-t] 是齒莖音，以舌尖頂住齒莖收尾。

同系列音：ㅌ、ㅅ、ㅆ、ㅈ、ㅊ、ㅎ

唸唸看： 〔고〕–〔곧〕　　　　〔부〕–〔붓〕

　　　　 〔차다〕–〔찾다〕　　　〔이다〕–〔있다〕

⑦〔ㅂ〕：[-p] 是雙唇音，以雙唇閉合收尾。

同系列音：ㅍ

唸唸看： 〔바〕–〔밥〕　　　　〔아〕–〔앞〕

　　　　 〔서서〕–〔섭섭〕　　　〔대다〕–〔대답〕

母音 + 尾音參考表

配合母音加上收尾音，跟著老師練習唸唸看，是不是很有趣呢？

		아	어	오	우
1	ㄱ [-k]	악	억	옥	욱
2	ㄴ [-n]	안	언	온	운
3	ㄷ [-t]	앋	얻	옫	욷
4	ㄹ [-l]	알	얼	올	울
5	ㅁ [-m]	암	엄	옴	움
6	ㅂ [-p]	압	업	옵	웁
7	ㅅ [-t]	앗	엇	옷	웃
8	ㅇ [-ng]	앙	엉	옹	웅
9	ㅈ [-t]	앚	엊	옺	웆
10	ㅊ [-t]	앛	엋	옻	웇
11	ㅋ [-k]	앜	엌	옼	웈
12	ㅌ [-t]	앝	엍	옽	웉
13	ㅍ [-p]	앞	엎	옾	웊
14	ㅎ [-t]	앟	엏	옿	웋

（2）響音和塞音

① 響音：又分為共鳴音（鼻音）和流音

共鳴音（鼻音）：ㄴ [-n]、ㅁ [-m]、 ㅇ [-ng]

代表音	音價	收尾音	例子
[ㄴ]	[-n]	ㄴ	돈 錢 대만 台灣 라면 泡麵
[ㅁ]	[-m]	ㅁ	점심 中餐 엄마 媽媽 김치 泡菜
[ㅇ]	[-ng]	ㅇ	형 哥（男性用語） 빵 麵包 사랑 愛情

流音：ㄹ [-l]

代表音	音價	收尾音	例子
[ㄹ]	[-l]	ㄹ	물 水 가을 秋天 얼굴 臉

♪ MP3-46

② 塞音

障礙音（塞音）：ㄱ [-k]、ㄷ [-t]、ㅂ [-p]

代表音	音價	收尾音	例子
[ㄱ]	[-k]	ㄱ	책 書　　미국 美國 대학 大學
		ㅋ	부엌 廚房
		ㄲ	밖 外　낚시 釣魚　깎다 削
[ㄷ]	[-t]	ㄷ	듣다 聽　　숟가락 湯匙 걷다 走
		ㅅ / ㅆ	옷 衣服　　다섯 5（數詞） 젓가락 筷子　있다 有
		ㅈ	낮 白天　　잊다 忘 빚 債
		ㅊ	꽃 花　　찾다 找 빛 光線
		ㅌ	밑 底下　　끝 終 같다 一樣
		ㅎ	히읗 韓語字母「ㅎ」
[ㅂ]	[-p]	ㅂ	밥 飯　　집 家 수업 課
		ㅍ	옆 旁邊　　앞 前面 무릎 膝蓋

2. 雙子音作為收尾音

雖然以兩個子音的形成組合收尾音,但只取一個代表音來發音

收尾音	代表音	例子
ㄳ、ㄺ	[ㄱ]	넋 魂 닭 雞
ㄵ、ㄶ	[ㄴ]	앉다 坐 많다 多
ㄼ、ㄽ、ㄾ、ㅀ	[ㄹ]	짧다 短 핥다 舐 얇다 薄 앓다 得(病)
ㄻ	[ㅁ]	닮다 像 삶 生(命)
ㅄ、ㄿ	[ㅂ]	없다 無 읊다 吟詠

第3堂課:收尾音(終聲)

♪ MP3-48

請聽 CD，寫下你聽到的發音

(   ) 1. ①북   ②붓   ③뷥

(   ) 2. ①송   ②솜   ③손

(   ) 3. ①정   ②전   ③점

(   ) 4. ①골랄   ②고라   ③골라

(   ) 5. ①직접   ②집적   ③짓접

(   ) 6. ①친국   ②친구   ③칭국

(   ) 7. ①선생님   ②선샌님   ③섬생닌

3. 收尾音複習

（1）練習寫寫看！加上收尾音，熟悉韓文字型與發音吧！

尾音	ㄱ [-k]	ㄴ [-n]	ㄷ [-t]	ㄹ [-l]	ㅁ [-m]	ㅂ [-p]	ㅇ [-ng]
가	각						
나		난					
다			닫				
라				랄			
마					맘		
바						밥	
사							상
아							
자							
차							
카							
타							
파							
하							

♫ MP3-49

（2）單字練習：寫寫看，唸唸看！

a. 共鳴音（響音）

ㄴ	대만 台灣	라면 泡麵	돈 錢	산 山	인기 人氣
ㅁ	엄마 媽媽	사람 人	봄 春	김치 泡菜	컴퓨터 電腦
ㅇ	야시장 夜市	형 哥哥 （男生用語）	중국 中國	사랑 愛情	공항 機場
ㄹ	딸기 草莓	물 水	겨울 冬天	얼굴 臉	물건 物品

b. 障礙音（塞音）

ㄱ	한국 韓國	대학 大學	먹다 吃	부엌 廚房	밖 外面
ㄷ	숟가락 湯匙	빛 光線	옷 衣服	같다 一樣	히읗 字母ㅎ
ㅂ	집 家	직업 職業	앞 前	무릎 膝蓋	수업 課

（3）跟著老師練習說説看，練習收尾音的發音技巧吧！

1. 운동장에서 공차기를 해요 .
   在運動場打球。

2. 저는 매일매일 빨래를 해요 .
   我每天都洗衣服。

3. 한국 요리 만들기가 어렵지요 ?
   韓式料理很難做吧？

4. 철수는 밤낮 공부만 해요 .
   哲洙成天到晚只學習。

5. 옷 가게에 남자들만 모여요 .
   服飾店中只聚集了男生。

第 3 堂課：**收尾音（終聲）**

♪ MP3-51

（4）這些句子都很實用，練習寫寫看、說說看吧！

1. 안 돼요 . ＿＿＿＿＿＿＿＿＿ 不行。

2. 결혼 축하해요 ! ＿＿＿＿＿＿＿＿＿ 結婚快樂！

3. 미안해요 . ＿＿＿＿＿＿＿＿＿ 對不起。

4. 사랑해요 . ＿＿＿＿＿＿＿＿＿ 我愛你。

5. 만나서 반가워요 . ＿＿＿＿＿＿＿＿＿ 很高興認識你。

6. 하나 , 둘 , 셋 ! ＿＿＿＿＿＿＿＿＿ 一二三！

（拍照讀秒時可講）

7. 얼마예요 ? ＿＿＿＿＿＿＿＿＿ 多少錢？

8. 비빔밥 주세요 ! ＿＿＿＿＿＿＿＿＿ 請給我拌飯！

（5） 這是韓語的狀聲詞與狀態詞，很可愛吧！
　　 練習說說看培養語感吧！

1. 두근두근 : 撲通撲通（心跳）的模樣

2. 데굴데굴 : 翻滾的模樣

3. 반짝반짝 : 閃亮的模樣

4. 싱글벙글 : 笑眯眯的模樣

5. 퐁당퐁당 : 東西掉進水裡的聲音

6. 푹신푹신 : 鬆鬆軟軟的模樣

7. 쫄깃쫄깃 : 很Q的模樣

8. 살금살금 : 輕手輕腳的模樣

9. 개굴개굴 : 青蛙的叫聲

10. 짹짹짹 :　　鳥叫聲

11. 똑딱똑딱 : （時鐘）滴答滴答的聲音

12. 부릉부릉 : （車子）轟隆隆的聲音

13. 찰칵찰칵 : （拍照時）喀擦的聲音

14. 휙휙 :　　　飛快的聲音或模樣

15. 흔들흔들 : 搖搖晃晃的模樣

Memo

發音總測驗、連音及各發音規則

1. 發音總測驗

2. 連音法則（연음법칙）

3. 其他發音規則

♫ MP3-53

1. 發音總測驗

（1）請聽 CD，寫下你聽到的發音

a.

(　　) 1. ①오어　　②오아　　③어오

(　　) 2. ①유우　　②으유　　③우유

(　　) 3. ①여유　　②요유　　③야유

(　　) 4. ①어여　　②오요　　③아야

(　　) 5. ①이아　　②아이　　③아아

b.

(　　) 1. ①소　　②조　　③초

(　　) 2. ①쿠　　②추　　③수

(　　) 3. ①라　　②나　　③다

(　　) 4. ①모　　②머　　③무

(　　) 5. ①조　　②서　　③소

c.

(　　) 1. ①왜　　②위　　③애

(　　) 2. ①쥐　　②죄　　③줘

(　　) 3. ①아기　　②얘기　　③애기

(　　) 4. ①가자　　②과자　　③개자

(　　) 5. ①세계　　②시계　　③서게

d.

(   ) 1. ①주   ②쭈   ③추

(   ) 2. ①토   ②또   ③도

(   ) 3. ①아가   ②아카   ③아까

(   ) 4. ①자다   ②짜다   ③차다

(   ) 5. ①바르다   ②빠르다   ③파르다

e.

(   ) 1. ①공   ②곰   ③곡

(   ) 2. ①밥   ②밤   ③밖

(   ) 3. ①낮   ②난   ③날

(   ) 4. ①삳   ②산   ③살

(   ) 5. ①앞   ②안   ③악

f.

(   ) 1. ①금반   ②금방   ③금밤

(   ) 2. ①기차역   ②기차약   ③기차욕

(   ) 3. ①처엄   ②츠음   ③처음

(   ) 4. ①얼굴   ②올골   ③얼골

(   ) 5. ①기븐   ②기뿐   ③기분

♫ MP3-54

（2）聽完兩個連續的音後，兩音相同者請打 o， 不同者請打 x。

1. (　　　)　　2. (　　　)　　3. (　　　)　　4. (　　　)　　5. (　　　)

6. (　　　)　　7. (　　　)　　8. (　　　)　　9. (　　　)　　10. (　　　)

♫ MP3-55

（3）請在三個音中選出異於其餘兩者的音。

(　　　) 1. ❶　　　　　❷　　　　　❸

(　　　) 2. ❶　　　　　❷　　　　　❸

(　　　) 3. ❶　　　　　❷　　　　　❸

(　　　) 4. ❶　　　　　❷　　　　　❸

(　　　) 5. ❶　　　　　❷　　　　　❸

(　　　) 6. ❶　　　　　❷　　　　　❸

(　　　) 7. ❶　　　　　❷　　　　　❸

(　　　) 8. ❶　　　　　❷　　　　　❸

（4）請寫出聽到的單字

1. _____

2. _____

3. _____

4. _____

5. _____

6. _____

7. _____

8. _____

9. _____

10. _____

第 4 堂課：發音總測驗、連音及各發音規則

（5） 請圈出聽到的單字

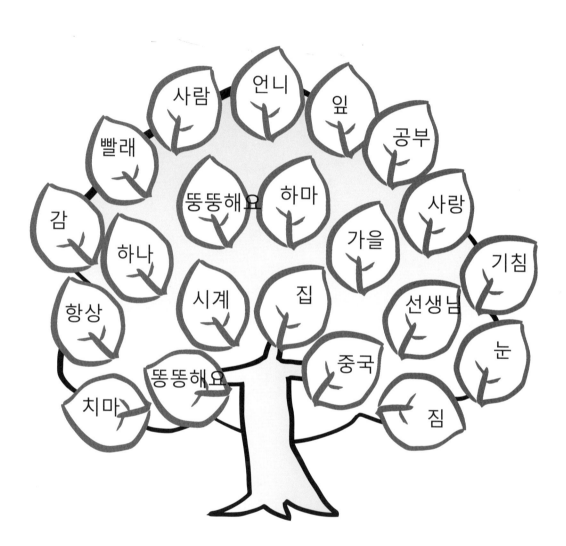

거기

빵　　　　　살

김치

아파요

만나요

쌀

꽃　　　차요　　　상자

과자　　　바람　　　얼굴　　　박수

유리　　　아이　　　소리　　　수업

추워요

02 連音法則

2. 連音法則（연음법칙）

尾音＋後字以母音「ㅇ」開始時，前字尾音往後字母音的位置移動來發音。此現象通常發生在一個單字上或單字加語尾助詞的情況。（請注意：[ ] 內的文字是唸法，相當於韓語的音標，而不是寫法）

例）　**음악** 音樂 [으막]　　**산에** 在山中 [사네]　　**꽃을** 花 [꼬츨]

웃어요 笑 [우서요]　**젊어요** 年輕 [절머요]　**읽어요** 讀 [일거요]

 以雙子音為尾音時，左側的子音不動，而右側的子音往母音移動。例「젊어요」、「읽어요」之發音。另外，以子音結尾＋母音（實詞）時，子音轉換成其代表音並以連音規則發音。（絕音法則）例 옷 안 [오단] 衣服裡、맛 없다 [마덥따] 不好吃、꽃 위 [꼬뒤] 花上方……等的發音。

練習寫出音標看看：

1. 한국에서 한국어를 배워요 . 我在韓國學韓文。

 [＿＿＿＿＿＿＿＿＿＿＿＿＿＿＿＿＿＿＿＿]

2. 저는 이전에 서울에 살았어요 . 我以前住在首爾。

 [＿＿＿＿＿＿＿＿＿＿＿＿＿＿＿＿＿＿＿＿]

3. 저녁에 텔레비전을 봐요 . （我）晚上看電視。

 [＿＿＿＿＿＿＿＿＿＿＿＿＿＿＿＿＿＿＿＿]

4. 바람이 불어요 . 颳風。

[_____]

5. 자켓을 입으세요 . 請穿上外套。

[_____]

6. 도서관에서 소설을 읽어요 . （我）在圖書館看小說。

[_____]

7. 거실에서 음악을 들어요 . （我）在客廳聽音樂。

[_____]

8. 여기에 앉으세요 . 請坐這裡。

[_____]

9. 학교 앞에 서점이 있어요 . 學校前有書局。

[_____]

10. 토요일에 시간이 있어요 ? 星期六有時間嗎？

[_____]

11. 꽃을 샀어요 . 買了花。

[_____]

12. 오늘은 십일월 십일이에요 . 今天是 11 月 10 日。

[_____]

13. 의자 밑에 가방이 있어요 . 椅子底下有包包。

[_____]

♫ MP3-59

3. 其他發音規則

（1）硬音化（경음화）

　　前字尾音「ㄱ、ㄷ、ㅂ」+後字初聲字為「ㄱ、ㄷ、ㅂ、ㅅ、ㅈ」時，由於其尾音的塞音性影響，其後字初聲字變成硬音「ㅃ、ㄸ、ㄲ、ㅆ、ㅉ」來發音。（這是「必須硬音化」規則。其實，除此之外還有其他的硬音化規則，但由於其變化規則稍微複雜，且需要一點進階程度才容易理解，因此在此暫且不論。）

ㄱ ㄷ ㅂ ＋ ㄱ ㄷ ㅂ ㅅ ㅈ → ㅃ ㄸ ㄲ ㅆ ㅉ

説説看！

옆방 隔壁（房間）[엽빵]

대학생 大學生 [대학쌩]

학교 學校 [학꾜]

고맙다 謝謝 [고맙따]

맛집 必吃名店 [맏찝]

직장 職場 [직짱]

（2）激音化（격음화）

尾音「ㅎ」＋後字初聲為「ㄱ、ㄷ、ㅂ、ㅈ」時，其「ㄱ、ㄷ、ㅂ、ㅈ」音發成激音「ㅋ、ㅌ、ㅍ、ㅊ」。

尾音「ㄱ、ㄷ、ㅂ、ㅈ」＋後字初聲為「ㅎ」時，其「ㄱ、ㄷ、ㅂ、ㅈ」音，連音過去而發成激音「ㅋ、ㅌ、ㅍ、ㅊ」。這是因為「ㅎ」雖是喉音，但仍帶有「氣息性」的關係。

ㅎ ＋ ㄱㄷㅂㅈ

ㄱㄷㅂㅈ ＋ ㅎ → ㅋㅌㅍㅊ

説説看！

밥하고 김치
飯和泡菜 [바파고 김치]

잡화 雜貨 [자꽈]

어떻게 怎麼 [어떠케]

백화점
百貨公司 [배콰점]

많다 多 [만타]

싫지요 ? 討厭吧 ? [실치요]

맏형 長兄 [마텽]

젖히다 後傾 [저치다]

（3）ㅎ弱化（'ㅎ' 약화）

1.尾音為鼻音（ㄴ、ㅁ、ㅇ）、流音（ㄹ）+ 後字初聲字為「ㅎ」時，其「ㅎ」弱化或變成默音，然後前字尾音以連音式移動。（在現實中有些人不以ㅎ弱化的方式發音，説話時仍發出「ㅎ」音，尤其讀音速度慢時更顯如此。所以，非弱化的發音法也被認為是正確的發音）

2.尾音「ㅎ」+ 後字為母音時，其「ㅎ」也因弱化而不發音。

3.尾音為雙子音「ㄶ、ㅀ」+ 後字為母音開頭時，尾音的右側的子音「ㅎ」因為產生弱化，以左側子音當成單一尾音來連音。

ㄴㄹㅁㅇ + ㅎ → ㄴㄹㅁㅇ
ㅎ + ㅇ → ㅇ

説説看！

전화 電話 [저놔]

말해요 說 [마래요]

조심히 小心地 [조시미]

영화 電影 [영와]

좋아요 好 [조아요]

많이 多 [마니]

싫어요 討厭 [시러요]

않은 不是的 [아는]

（4）鼻音化（비음화）

1.尾音「ㄱ、ㄷ、ㅂ」＋後字接著出現響音「ㅁ、ㄴ」時，其尾音「ㄱ、ㄷ、ㅂ」就變成鼻音而分別發成「ㅁ、ㄴ、ㅇ」。

2.尾音「ㄱ、ㄷ、ㅂ」＋後字接著出現「ㄹ」時，這兩者皆變成鼻音來發音。即「ㄱ、ㄷ、ㅂ」分別發成「ㅇ、ㄴ、ㅁ」；而「ㄹ」發成「ㄴ」。這是因為障礙音後字接上響音後，發音方式變得較不順暢，因此軟化成比較好發的鼻音的現象。

ㄱㄷㅂ＋ㄴㅁ → ㄱ→ㅇ、ㄷ→ㄴ、ㅂ→ㅁ

說說看！

갑니다 走 [감니다]

박물관 博物館 [방물관]

닿는다 接觸 [단는다]

첫눈 第一眼 / 初雪 [천눈]

막내 老么 [망내]

ㄱㄷㅂ＋ㄹ → ㄱㄷㅂ→ㅇㄴㅁ、ㄹ→ㄴ

說說看！

격려 激勵 [경녀]

십리 十里 [심니]

복리 福利 [봉니]

대학로 大學路 [대항노]

（5）ㄹ鼻音化（ 'ㄹ' 비음화 ）

尾音「ㅁ、ㅇ」＋後字初聲為「ㄹ」時，其「ㄹ」就變成鼻音「ㄴ」來發。

ㅁ ㅇ ＋ ㄹ →   ㄹ → ㄴ

説説看！

심리 心理 [심니]   장래 將來 [장내]

종로 鍾路 [종노]   안암로 安巖路 [아남노]

（6）ㄹ同化（'ㄹ'동화）

尾音「ㄴ」＋後字初聲音「ㄹ」時，「ㄴ」就變成「ㄹ」來發音。同樣地，尾音「ㄹ」＋後字初聲「ㄴ」時，其「ㄴ」就變成「ㄹ」來發音。

ㄴ ＋ ㄹ → ㄹ ＋ ㄹ
ㄹ ＋ ㄴ → ㄹ ＋ ㄹ

説説看！

신라 新羅 [실라]

실내 室內 [실래]

전라도 全羅道 [절라도]

열녀 烈女 [열려]

（7）口蓋音化（구개음화）

　　尾音「ㄷ」與「ㅌ」＋後字為「이」的母音時，由於其「이」音為高母音，舌面比較往上移動，故原本屬於齒莖音的「ㄷ」與「ㅌ」變成硬顎音而分別發出「지」與「치」音，而尾音「ㄷ」＋後字為「히」時也發成「치」。這與中文的「ㄐ（ji）、ㄑ（qi）、ㄒ（xi）」音原本為「ㄗ（zi）、ㄘ（ci）、ㄙ（si）」音，而與「一（yi）」音結合衍化出來的現象一樣，這現象在中文中叫做「顎化」。

$$ㄷ + 이 → 지$$
$$ㅌ + 이 → 치$$
$$ㄷ + 히 → 치$$

説説看！

굳이 硬是 [구지]　　　　　　　밑이 下面 [미치]

샅샅이 一一地 [샅싸치]　　　해돋이 日出 [해도지]

같이 一起 [가치]　　　　　　　묻히다 被埋 [무치다]

終於學完所有基本發音規則了，快來練習幾句實用的教室用語吧！

선생님 , 안녕하세요 ?　老師您好！

여러분 , 안녕하세요 ?　大家好！

선생님 , 안녕히 계세요 .　老師，請留步（再見）！

여러분 , 안녕히 가세요 .　大家，慢走！

잘 지냈어요 ?　近來可好？

식사했어요 ?　吃飽了嗎？

잘 알아요 .　我很了解。

잘 모르겠어요 .　我不知道。

네 , 알겠습니다 (알겠어요).　是，我知道了。

질문 있어요 ?　有沒有問題？

책을 펴세요 .　請打開書。

이거 주세요 .　請給我這個。

그거 (저거) 주세요 .　請給我那個。

선생님 , 고맙습니다 .　老師，謝謝您。

감사합니다 .　感謝您。

Memo

附錄

1. 以調音位置和調音方法分類的子音和尾音

（1）以調音位置與調音方法分類的子音

調音方法	調音位置	雙唇	齒莖（齒槽）	硬顎	軟顎	喉
障礙音	破（裂）音	ㅂ、ㅃ、ㅍ	ㄷ、ㄸ、ㅌ		ㄱ、ㄲ、ㅋ	
障礙音	摩擦音		ㅅ、ㅆ			ㅎ
障礙音	破擦音			ㅈ、ㅉ、ㅊ		
響音	鼻音	ㅁ	ㄴ		ㅇ	
響音	流音		ㄹ			

（2）以調音位置與調音方法分類的尾音

調音方法	調音位置	雙唇	齒莖（齒槽）	軟顎
障礙音	初聲：破裂音 尾音：不破音	ㅂ [p]	ㄷ [t]	ㄱ [k]
響音	鼻音	ㅁ [m]	ㄴ [n]	ㅇ [ŋ] [ng]
響音	流音		ㄹ [l]	

2. 習題解答

● 第 1 堂課

1. 母音

請聽 CD，寫下你聽到的發音：

1. ② 2. ③ 3. ① 4. ② 5. ① 6. ① 7. ③ 8. ② 9. ① 10. ③

（4）實力測驗：

01 1. ③ 2. ⑥ 3. ① 4. ④ 5. ⑨ 6. ⑤ 7. ② 8. ⑧

02 1. ⑤ 2. ⑨ 3. ④ 4. ① 5. ⑧ 6. ⑦ 7. ③ 8. ②

2. 子音

請聽 CD，寫下你聽到的發音：

1. ② 2. ③ 3. ④ 4. ① 5. ③ 6. ③

● 第 2 堂課

1. 複母音

（3）實力測驗：

1. ② 2. ③ 3. ① 4. ② 5. ③ 6. ②

2. 硬音

（2）實力測驗：

1. ③ 2. ① 3. ② 4. ② 5. ③ 6. ① 7. ① 8. ② 9. ① 10. ②

11. ① 12. ① 13. ① 14. ③ 15. ③ 16. ② 17. ① 18. ② 19. ① 20. ③

● 第 3 堂課

2. 雙子音作為收尾音

請聽 CD，寫下你聽到的發音：

1. ② 2. ③ 3. ① 4. ③ 5. ① 6. ② 7. ①

● 第 4 堂課

1. 發音總測驗

（1）請聽 CD，寫下你聽到的發音：

a. 1. ① 2. ③ 3. ① 4. ② 5. ②

b. 1. ③ 2. ② 3. ③ 4. ② 5. ①

c. 1. ① 2. ③ 3. ③ 4. ② 5. ①

d. 1. ③ 2. ② 3. ① 4. ② 5. ③

e. 1. ② 2. ① 3. ① 4. ③ 5. ①

f. 1. ② 2. ① 3. ③ 4. ① 5. ③

（2）聽完兩個連續的音後，兩音相同者請打 o，不同者請打 x

1. x（아 와）　　　　6. x（차 사）

2. o（오 오）　　　　7. x（중 준）

3. x（예 에）　　　　8. o（줄 줄）

4. x（노 너）　　　　9. x（염 연）

5. O（거 거）　　　　　　10. X（복 봇）

（3）請在三個音中選出異於其餘兩者的音。

（1）②（버 보 버）　　　　（5）①（헌 흔 흔）

（2）②（서 써 서）　　　　（6）②（롤 놀 롤）

（3）①（재 째 째）　　　　（7）②（펏 벅 펏）

（4）②（막 맛 막）　　　　（8）③（낸 낸 냉）

（4）請寫出聽到的單字

1. ___아우___　　　　6. ___아파트___

2. ___오이___　　　　7. ___친구___

3. ___가구___　　　　8. ___운동___

4. ___우리나라___　　9. ___쌀밥___

5. ___도끼___　　　　10. ___깜짝___

請圈出聽到的單字

2. 連音法則

練習寫出音標看看：

1. [한구게서 한구거를 배워요]

2. [저는 이저네 서우레 사라써요]

3. [저녀게 텔레비저늘 봐요]

4. [바라미 부러요]

5. [자케슬 이브세요]

6. [도서과네서 소서를 일거요]

7. [거시레서 으마글 드러요]

8. [여기에 안즈세요]

9. [학교 아페 서저미 이써요]

10. [토요이레 시가니 이써요]

11. [꼬츨 사써요]

12. [오느른 시비뤌 시비리에요]

13. [의자 미테 가방이 이써요]

國家圖書館出版品預行編目資料

圖解4堂課搞定韓語發音 QR Code版 / 崔峼潁著
-- 修訂初版 -- 臺北市：瑞蘭國際，2022.02
128面；19 × 26公分 --（外語學習系列；101）
ISBN：978-986-5560-62-1（平裝）
1. CST：韓語 2. CST：發音
803.24   111000831

外語學習系列 101

圖解4堂課搞定韓語發音 QR Code版

作者｜崔峼潁
責任編輯｜潘治婷
校對｜李垠政、崔峼潁、潘治婷

韓語錄音｜李垠政、崔峼潁
錄音室｜采漾錄音製作有限公司
封面設計、內文排版｜劉麗雪、陳如琪
版型設計｜劉麗雪
美術插畫｜Rebecca、邱亭瑜

瑞蘭國際出版

董事長｜張暖彗‧社長兼總編輯｜王愿琦
編輯部
副總編輯｜葉仲芸‧主編｜潘治婷
設計部主任｜陳如琪
業務部
經理｜楊米琪‧主任｜林湲洵‧組長｜張毓庭

出版社｜瑞蘭國際有限公司‧地址｜台北市大安區安和路一段104號7樓之一
電話｜(02)2700-4625‧傳真｜(02)2700-4622‧訂購專線｜(02)2700-4625
劃撥帳號｜19914152 瑞蘭國際有限公司‧瑞蘭國際網路書城｜www.genki-japan.com.tw

法律顧問｜海灣國際法律事務所　呂錦峯律師

總經銷｜聯合發行股份有限公司‧電話｜(02)2917-8022、2917-8042
傳真｜(02)2915-6275、2915-7212‧印刷｜科億印刷股份有限公司
出版日期｜2022年02月初版1刷‧定價｜280元‧ISBN｜978-986-5560-62-1
　　　　　2024年01月初版3刷

 瑞蘭國際

瑞蘭國際